散曲百品

品读诗词中国

散曲百品

苏若荻

中国财经出版传媒集团
经济科学出版社

易亂
無漸
茶拾
花清
山鳴 夜
鳳居
士

秋池
夕玉溪
茶樵茶
酒枝風

前 言

　　散曲盛行于元明，清代仍有述作者。散曲之称谓是与剧曲对应而来，元代杂剧风行，剧中包括动作、歌唱、说白三部分内容，歌唱部分称剧曲，杂剧外单独的唱曲则称作散曲，所以，散曲就是当时的歌曲，其实质与唐宋词无异。

　　自宋入元以后，西域及北方少数民族音乐大量进入，如筝、琴、琵琶、浑不似等弦索乐器风靡一时。此前主要以箫为主配奏的唐宋词已不适应新的乐调，新配曲词因此兴起，这是散曲的由来。与以往的词相比，散曲在句式上更为灵活，可一字二字成句，也可二三十字成句；在用词上更为随性，不避俚俗，以口语入曲；在格律上更为宽松，可以平上去三声互叶，可以在曲中多加用衬字。这样，散曲便具有了生动、活泼、更贴近百姓生活的特点。

　　散曲均可独立清唱，也可入于剧中成为剧曲，而剧曲中的一些曲子也可以转为散曲独立演唱。所以，元明时代的散曲作家往往又是杂剧作家，两者相得益彰。

　　元至明清的散曲名作众多，我们重点选取较为短小的小令，成此《散曲百品》。小令之外，还有相当数量的套数散曲，限于篇幅，无法选入。

目 录

双调·小圣乐	元好问	001
双调·小圣乐	元好问	003
南吕·干荷叶	刘秉忠	005
中吕·阳春曲	白　朴	007
越调·天净沙	白　朴	009
越调·天净沙	白　朴	011
双调·蟾宫曲	卢　挚	013
中吕·满庭芳	姚　燧	015
中吕·山坡羊	陈草庵	017
双调·蟾宫曲	奥敦希鲁	019
双调·大德歌	关汉卿	021
双调·大德歌	关汉卿	023
中吕·普天乐	关汉卿	025
双调·沉醉东风	关汉卿	027
南吕·四块玉	关汉卿	029
双调·碧玉箫	关汉卿	031
仙吕·一半儿	关汉卿	033
双调·蟾宫曲	庾天锡	035
双调·蟾宫曲	庾天锡	037
越调·天净沙	马致远	039
南吕·四块玉	马致远	041
双调·寿阳曲	马致远	043
双调·寿阳曲	马致远	045
双调·寿阳曲	马致远	047
正宫·鹦鹉曲	白　贲	049
双调·百字折桂令	白　贲	051

曲牌	作者	页码
中吕·山坡羊	张养浩	053
中吕·山坡羊	张养浩	055
双调·折桂令	张养浩	057
双调·折桂令	张养浩	059
正宫·塞鸿秋	郑光祖	061
中吕·山坡羊	曾瑞	063
南吕·四块玉	刘时中	065
双调·折桂令	刘时中	067
双调·折桂令	刘时中	069
双调·殿前欢	刘时中	071
双调·殿前欢	刘时中	073
正宫·塞鸿秋	薛昂夫	075
中吕·山坡羊	薛昂夫	077
双调·水仙子	贯云石	079
中吕·红绣鞋	贯云石	081
中吕·满庭芳	乔吉	083
中吕·山坡羊	赵善庆	085
中吕·山坡羊	赵善庆	087
双调·庆东原	赵善庆	089
中吕·朝天子	张可久	091
黄钟·人月圆	张可久	093
中吕·满庭芳	张可久	095
中吕·满庭芳	张可久	097
黄钟·人月圆	徐再思	099
双调·蟾宫曲	孙周卿	101
越调·柳营曲	查德卿	103

双调·清江引	吴西逸	105
越调·天净沙	吴西逸	107
中吕·普天乐	张鸣善	109
中吕·普天乐	张鸣善	111
商调·梧叶儿	杨朝英	113
中吕·红绣鞋	周德清	115
正宫·塞鸿秋	周德清	117
中吕·朝天子	周德清	119
正宫·醉天平	钟嗣成	121
黄钟·人月圆	倪瓒	123
黄钟·人月圆	倪瓒	125
越调·小桃红	倪瓒	127
越调·小桃红	倪瓒	129
商调·金络索挂梧桐	高明	131
正宫·小梁州	汤式	133
正宫·小梁州	汤式	135
双调·蟾宫曲	汤式	137
大石调·阳关三叠	无名氏	139
寨儿令	康海	141
傍妆台	李开先	143
送吴怀梅·新水令	金銮	145
咏月·鲜三醒	杨慎	147
秦淮渔隐·梁州第七	陈铎	149
落梅风	王磐	151

南锁南枝	冯惟敏	153
醉太平	冯惟敏	155
咏宿桄·白练序	梁辰鱼	157
山坡羊	梁辰鱼	159
秋日登濲水驿楼·鲍老催	梁辰鱼	161
拟金陵怀古·夜行船	梁辰鱼	163
怀清源胡姬·古轮台	史槃	165
书怀·倾杯序	沈璟	167
伤春·集贤宾	沈璟	169
六犯清音	沈自晋	171
卿上新居·醉扶归	施绍莘	173
春游述怀·叨叨令	沈璟	175
卿上新居·步步娇	施绍莘	177
南商调·黄莺儿	施绍莘	179
金镜词·金索挂梧桐	施绍莘	181
惜花·滴溜子	施绍莘	183
对玉环带清江引	刘熙载	185
寄生草	徐石麒	187
冶游曲·夜行船	徐石麒	189
江夏君五十·新水令	吴绮	191
雨窗排闷·二郎神	赵庆熹	193
春游·春从天上来	杨恩寿	195
送别·黑麻令	杨恩寿	197

| 绿叶阴浓遍池亭水阁 |

〔清〕 焦秉贞 《仕女图》

双调·小圣乐

元好问

骤雨打新荷

绿叶阴浓,遍池亭水阁,偏趁凉多。海榴初绽,妖艳喷红罗。乳燕雏莺弄语,有高柳鸣蝉相和。骤雨过,珍珠乱撒,打遍新荷。

【品读】

元好问,字裕之,号遗山。金末元初人,著有《元遗山集》《遗山乐府》,为一代文宗,时人评其作品"用俗为雅,变故作新。"

海榴,即石榴。小令先铺陈池亭水阁、春日小景,景中动静相和,春意浓浓。接着,以寥寥八字,便将骤雨打新荷写得淋漓尽致,给此前之景又添光彩。

| 命友邀宾玩赏 |

〔明〕 周臣 《柴门送客图》

双调·小圣乐

元好问

骤雨打新荷之二

人生有几,念良辰美景,一梦初过。穷通前定,何用苦张罗。命友邀宾玩赏,对芳尊浅酌低歌。且酩酊,任他两轮日月,来往如梭。

【品读】

穷通,不得志与得志;命友,邀友;芳尊,酒杯。此篇有"对酒当歌,人生几何"的痕迹,又有"人生得意须尽欢,莫使金樽空对月"的余绪,但已无魏武与李白的豪气,只是要烂醉一世,管它什么日月如梭。

| 吴山依旧酒旗风 |

〔明〕 王谔 《江阁远眺图》

南吕·干荷叶

刘秉忠

南高峰,北高峰,惨淡烟霞洞。宋高宗,一场空,吴山依旧酒旗风。两度江南梦。

【品读】

刘秉忠,字仲晦,元初重臣,自号藏春散人,著有《藏春散人集》。

此小令为临安之叹,发思古之幽,叹世事无常。临安,即今浙江杭州,五代十国之吴越与南宋王朝先后建都于此。西湖边有南高峰、北高峰,南高峰下有烟霞洞;宋高宗赵构为迁都临安后的南宋首位君主;吴山在西湖畔,又称城隍山,为杭州繁华之区,至刘秉忠作此小调时,虽王朝更替,物是人非,但吴山繁华依旧,引发作者无限感叹。

| 诗书丛里且淹留 |

〔明〕 吴伟 《柳岸读书图》

中吕·阳春曲

白　朴

知几

知荣知辱牢缄口，谁是谁非暗点头，诗书丛里且淹留。闲袖手，贫煞也风流。

【品读】

白朴，字仁甫，号兰谷，金末元初人，元曲四大家之一，终生不肯入朝为官，寄情山水诗曲之间，留有杂剧16种，小曲37首。

缄（jiān）口，闭口；淹留，停留。知而不言，知而不为，钟情诗书，清风贫困自风流。此非落魄文人之无奈，而是发自内心的感受，在古之士子中，属凤毛麟角。

| 杨柳秋千院中 |

〔明〕 仇英 《四季仕女图》

越调·天净沙

白 朴

春

春山暖日和风,阑干楼阁帘栊,杨柳秋千院中。啼莺舞燕,小桥流水飞红。

【品读】

春日小城小景,恬然春意如在眼前。阑干,即栏干;栊(lóng),带木格之窗;飞红,飘落之花红。

| 青山绿水 |

〔元〕 钱选 《山居图》

越调·天净沙

白　朴

秋

孤村落日残霞，轻烟老树寒鸦，一点飞鸿影下，青山绿水，白草红叶黄花。

【品读】

村野秋日，方可写出如此苍凉。一点飞鸿影下，是写水面之上，掠过飞鸿之影。鸿雁在天，其影映在水面，当然是"一点飞鸿"，此一点便衬出秋日长空之寂寥，这是此曲的神来之笔。

| 仔细沉吟 |

〔元〕 张渥 《雪夜访戴图》

双调·蟾宫曲

卢 挚

想人生七十犹稀，百岁光阴，先过了三十。七十年间，十岁顽童，十载尪羸。五十岁除分昼黑，刚分得一半儿白日。风雨相催，兔走乌飞。仔细沉吟，都不如快活了便宜。

【品读】

卢挚（1235~1314），字处道，号疏斋，曾为翰林学士，诗文俱佳，有散曲120余首，著有《疏斋集》《疏斋后集》。

尪（wāng）羸，病弱；兔走乌飞，日月如梭。此言百年人生，其实只是七十载，七十年中，去除十年顽童时光，十年病弱时光，真正光景不过五十年，而五十年中，又只有一半是白日，可供自己享用，故而，结论是，"都不如快活了便宜"。

| 功名事了不待老僧招 |

〔清〕 罗聘 《斗笠先生像图》

中吕·满庭芳

姚 燧

天风海涛,昔人曾此,酒圣诗豪。我到此闲登眺,日远天高。山接水茫茫渺渺,水连天隐隐迢迢。供吟笑。功名事了,不待老僧招。

【品读】

姚燧(1238~1313),字端甫,号牧斋,曾为元朝翰林学士,为当世名儒,有《牧斋文集》,今存小令29首。

此曲抒发一个当朝高官的隐逸之志,只是要待"功名事了",方可"不待老僧招",便遁入山林。实际上,功名之事何时可了?隐逸之志也就仅仅是一种自慰而已。

| 妻蚕女织儿耕稼 |

春耕图局部

〔清〕 上官周 《春耕图》

中吕·山坡羊

陈草庵

叹　世

晨鸡初叫，昏鸦争噪，那个不去红尘闹。路遥遥，水迢迢，功名尽在长安道，今日少年明日老。山，依旧好；人，憔悴了！

又

江山如画，茅檐低凹。妻蚕女织儿耕稼。务桑麻，捕鱼虾，渔樵见了无别话。三国鼎分牛继马。兴，也任他；亡，也任他。

【品读】

陈草庵（1245~1320），字彦卿，号草庵，曾为元朝河南行省左丞，今存小令26首。

前一首写对功名利禄趋之若鹜的结局，便是山依旧好，人憔悴了；后一首写超然物外、平淡恬适的百姓，管他什么三国鼎立，王朝陵替，兴亡全由他去。

牛继马，指东晋与西晋的交替，马即创立晋王朝的司马氏，牛指东晋开国皇帝晋元帝，相传他是母后与一名牛姓小吏的私生子，作者以此反衬王朝更替无神圣之事，百姓何苦管他兴亡。

| 尾尾相衔画舫 |

〔明〕 陈洪绶 《山水杂画图》

双调·蟾宫曲

奥敦希鲁

西湖烟水茫茫,百顷风潭,十里荷香。宜雨宜晴,宜西施淡抹浓妆。尾尾相衔画舫,尽欢声无日不笙簧。春暖花香,岁稔时康。真乃上有天堂,下有苏杭。

【品读】

奥敦希鲁,女真人,字周卿,号竹庵,元初人,曾任元朝侍御史。

画舫(fǎng),雕画华丽之船;相衔,相接;笙簧,音乐鼓吹之声;岁稔(rěn),丰收;时康,安泰。此曲系化苏轼《饮湖上初晴后雨》诗而来,苏诗云:"水光潋滟晴方好,山色空濛雨亦奇。欲把西湖比西子,淡妆浓抹总相宜"。将两者对读,可以明了诗与散曲的异同。

| 淅零零细雨打芭蕉 |

〔明〕 陈洪绶 《蕉杯酌洒图》

双调·大德歌

关汉卿

秋

风飘飘,雨潇潇,便做陈抟睡不着。懊恼伤怀抱,扑簌簌泪点抛。秋蝉儿噪罢寒蛩儿叫,淅零零细雨打芭蕉。

【品读】

关汉卿,号已斋叟,元前期人,风流倜傥,博学能文,滑稽多智,为元曲四大家之一,著有《窦娥冤》《单刀会》等杂剧六十余种。王国维认为"其言曲尽人情,字字本色,故当为元人第一"。

这是一首闺怨曲,写少妇独居,孤寂难耐,细细入微。陈抟(tuán),五代宋初道士,潜心修道,常睡不醒;蛩(qióng),蟋蟀。

| 冷清清空载明月归 |

〔元〕 盛懋 《秋林清舸图》

双调·大德歌

关汉卿

双渐苏卿

绿杨堤,画船儿,正撞着一帆风赶上来。冯魁吃的醺醺醉,怎想着金山寺壁上诗?醒来不见多姝丽,冷清清空载明月归。

【品读】

此曲是对一个民间故事的演绎,写得谐趣丛生,如在眼前。双渐是赶考书生,苏卿即苏小卿,为庐州妓女,两人一见钟情,暗订终身。双渐赴京赶考,久久不归,苏母将苏小卿卖给茶商冯魁。苏小卿在冯魁之茶船经停金山寺时,给双渐留诗于寺壁,双渐追至临安,携之同归,冯魁空欢喜一场。多姝丽,美女。

| 黄花地西风紧 |

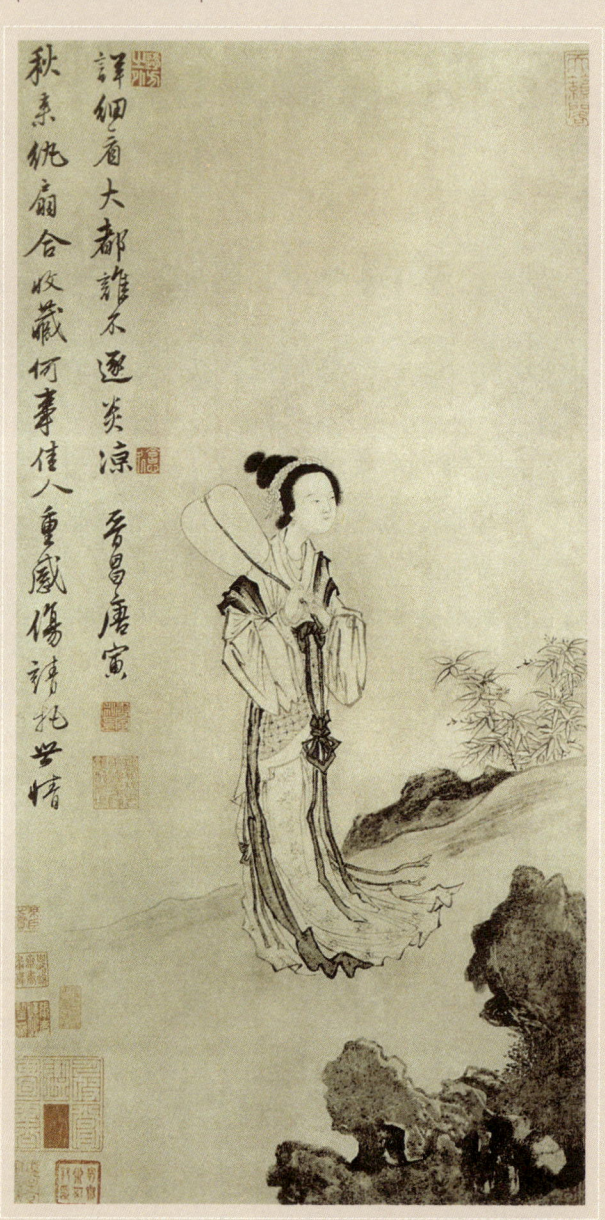

〔明〕 唐寅 《秋林纨扇仕女图》

中吕·普天乐

关汉卿

张生赴选

碧云天,黄花地,西风紧,北雁南飞。恨相见难,又早别离易,久已后虽然成佳配,奈时间怎不悲啼。我则厮守得一时半刻,早松了金钏,减了香肌。

【品读】

此曲本于张生与崔莺莺的故事,写张生赶考离去后,崔莺莺之万般离情。黄花,菊花;金钏(chuàn),金镯;松了金钏,减了香肌,谓崔莺莺因相思而清瘦。

| 咫尺的天南地北 |

〔清〕 王玉樵 《历代名姬图》

双调·沉醉东风

关汉卿

咫尺的天南地北,霎时间月缺花飞。手执着饯行杯,眼阁着别离泪。刚道得声保重将息,痛煞煞教人舍不得。好去者前程万里。

【品读】

此曲写送别之际,将送者之痛之惜之祝福,直直拎出。月缺飞花,与花好月圆相对而得;阁,含着。

| 南亩耕东山卧 |

〔明〕 文徵明 《溪桥竿杖田图》

南吕·四块玉

关汉卿

闲适

南亩耕,东山卧,世态人情经历多。闲将往事思量过。贤的是他,愚的是我,争甚么!

【品读】

此曲写与世无争,但心中怨愤仍跃然而出。南亩,指诸葛亮隐居隆中,躬耕之南亩;东山,东晋谢安曾辞官隐居东山。

| 归学取他渊明醉 |

〔元〕 何澄 《归庄图》

双调·碧玉箫

关汉卿

秋景堪题,红叶满山溪。松径偏宜,黄菊绕东篱。正清樽斟泼醅,有白衣劝酒杯。官品极,到底成何济?归,学取他渊明醉。

【品读】

此曲写官场最终转头空,莫若学取陶渊明,早归天然。堪题,值得描绘;清樽,隐者所用酒杯;泼醅(pēi),酒坛中倒出之酒;白衣,官府吏员,陶渊明隐居之时,逢九月九而无酒,坐于篱傍菊丛,恰有旧友江州刺史王弘派小吏送酒,痛饮而归卧。

| 碧纱窗外静无人 |

〔明〕 唐寅 《仿韩熙载夜宴图》

仙吕·一半儿

关汉卿

碧纱窗外静无人,跪在床前心忙要亲。骂了个负心回转身。虽是我话儿嗔,一半儿推辞一半儿肯。

【品读】

此曲写热恋中情侣举止,如在眼前。嗔(chēn),嗔怪、气恼。

| 环滁秀列诸峰 |

〔明〕 王绂 《山亭文会图》

双调·蟾宫曲

庾天锡

环滁秀列诸峰。山有名泉,泻出其中,泉上危亭,僧仙好事,缔构成功。四景朝暮不同,宴酬之乐无穷,酒饮千锺。能醉能文,太守欧翁。

【品读】

庾天锡,字吉甫,曾任元朝中山府判。所作散曲以奇巧著名。

此曲化欧阳修《醉翁亭记》而成。"环滁"句,化自《醉翁亭记》"环滁皆山也,其西南诸峰,林壑尤美,望之蔚然而深秀者,琅琊也";"山有"二句化自"山行六七里渐闻水声潺潺,而泻出于两峰之间也,酿泉也";"泉上"三句化自"峰回路转,有亭翼然,临于泉上者,醉翁亭也。作亭者谁,山之僧曰智仙也;名之者谁,太守自谓也";"四景"三句化自"若夫日出而林霏开,去归而岩穴暝,晦明变化者,山间之朝暮也。野芳发而幽香,佳木秀而繁阴,风霜高洁,水落而石出者,山间之四时也。朝而往,暮而归,四时之景不同,而乐亦无穷也";"能醉"二句化自"醉能同其乐,醒能述以文者,太守也。太守谓谁,庐陵欧阳修也"。

| 滕王高阁江干 |

〔明〕 仇英 《摹天籁阁宋人画册图》

双调·蟾宫曲

庚天锡

滕王高阁江干。佩玉鸣鸾,歌舞阑珊。画栋朱帘,朝云暮雨,南浦西山。物换星移几番,阁中帝子应笑,独倚危栏。槛外长江,东注无还。

【品读】

此曲化自王勃《滕王阁诗》。"滕王"句化自"滕王高阁临江渚";"佩玉"二句化自"佩玉鸣鸾罢歌舞";阑(lán)珊,消歇,停下;"画栋"三句化自"画栋朝飞南浦云,朱帘暮卷西山雨"一联;"物换"化自"物换星移几度秋";"阁中"化自"阁中帝子今何在"句;危栏,高栏;"槛外"化自"槛外长江空自流";槛,栏杆。

| 小桥流水人家 |

〔清〕 戴熙 《湖天清晓图》

越调·天净沙

马致远

秋 思

枯藤老树昏鸦,小桥流水人家,古道西风瘦马。夕阳西下,断肠人在天涯。

【品读】

马致远(1250~1324),号东篱,少逐功名,但一直仕途不畅,晚年隐居杭州郊外,笃信道教之全真教。作有《汉宫秋》等杂剧。

此曲无须再解,古来秋思之作,难有与其相匹者。

| 种春风二顷田 |

〔清〕 焦秉贞 《耕织图》

南吕·四块玉

马致远

叹 世

两鬓皤,中年过,图甚区区苦张罗。人间宠辱都参破。种春风二顷田,远红尘千丈波,倒大来闲快活。

又

带月行,披星走,孤馆寒食故乡秋。妻儿胖了咱消瘦。枕上忧,马上愁,死后休。

【品读】

此两曲都是参破红尘之作,上一曲写远离官场,村居生活之快活;下一曲写孤身在外,追逐功名之辛酸。

鬓皤(pó),此处谓鬓发雪白;参破,看破;倒大,最大,此谓闲来快活是最大快活。

| 两三航未曾着岸 |

〔清〕 上官周 《春耕图》

双调·寿阳曲

马致远

远浦归帆

夕阳下,酒斾闲,两三航未曾着岸。落花水香茅舍晚,断桥头卖鱼人散。

【品读】

酒斾(pèi),酒旗;两三航,两三只船。寥寥数笔,一幅江岸小景。

| 孤舟五更家万里 |

〔元〕 吴镇 《洞庭渔隐图》

双调·寿阳曲

马致远

潇湘雨夜

渔灯暗，客梦回，一声声滴人心碎。孤舟五更家万里，是离人几行清泪。

【品读】

客梦回，孤客梦醒；一声声，谓雨打船篷；滴人心碎，可与温庭筠《更漏子》对读："梧桐树，三更雨，不道离情正苦。一叶叶，一声声，空阶滴到明。"

| 江上晚来堪画处 |

〔元〕 唐棣 《雪港捕鱼图》

双调·寿阳曲

马致远

江天暮雪

天将暮,雪乱舞,半梅花半飘柳絮。江上晚来堪画处,钓鱼人一蓑归去。

【品读】

梅花、柳絮均喻雪花;"钓鱼人"一句当化自柳宗元《江雪》之意境,柳诗云:"千山鸟飞绝,万径人踪灭。孤舟蓑笠翁,独钓寒江雪。"

| 浪花舟中一叶扁舟 |

〔明〕 徐端本 《一溪秋色图》

正宫·鹦鹉曲

白　贲

侬家鹦鹉洲边住，是个不识字渔父。浪花舟中一叶扁舟，睡煞江南烟雨。【幺】觉来时满眼青山，抖擞绿蓑归去。算从前错怨天公，甚也有安排我处。

【品读】

白贲（bì），字无咎，曾任元忻州知州。所作小令虽仅存二首，但均名动一时。

侬，我；幺，即幺篇、后篇，散曲格式，用于区分前后篇；甚也有安排我处，谓天公对我十分关照。

| 离人又在天涯 |

〔元〕 黄公望 《富春山居图》

双调·百字折桂令

白　贲

弊裘尘土压征鞍,鞭倦袅芦花。弓箭萧萧,一迳入烟霞。动羁怀:西风禾黍,秋水蒹葭。千点万点,老树寒鸦。三行两行,写长空哑哑,雁落平沙。曲岸西边,近水涡,鱼网纶竿钓艖。断桥东边,傍西山,竹篱茅舍人家。见满山满谷,红叶黄花。正是伤感凄凉时候,离人又在天涯。

【品读】

弊裘,破败裘衣;袅(niǎo),缠绕,此句谓马鞭无力,又总是被芦花缠绕;弓箭,谓前路如出弓之箭,笔直入于烟霞;羁怀,羁旅情怀;禾黍,本于《诗经·黍离》,"彼黍离离,彼稷之苗。行迈靡靡,中心摇摇。"抒发故园情怀;蒹葭,本于《诗经·蒹葭》:"蒹葭苍苍,白露为霜。所谓伊人,在水一方。"抒发的是相思之乡愁;哑哑,雁鸣声;水涡,漩涡;纶竿,钓竿;钓艖(chā),钓鱼小舟。

| 山河表里潼关路 |

〔明〕 戴进 《关山行旅图》

中吕·山坡羊

张养浩

潼关怀古

峰峦如聚，波涛如怒，山河表里潼关路。望西都，意踟蹰。伤心秦汉经行处，宫阙万间都做了土。兴，百姓苦；亡，百姓苦。

【品读】

张养浩（1270~1329），字希孟，号云庄。曾任元朝礼部尚书，著有《归田类稿》《云庄休居自适小乐府》等。

潼关，在今陕西潼关县，为关中东大门，地势极为重要；西都，即长安，西汉隋唐等王朝都建都于此；踟（chí）蹰（chú），犹豫徘徊，此处喻伤感无限。此曲笔风之遒劲，堪比辛词，为散曲中少有。

| 骊山怀古 |

〔清〕 袁江 《阿房宫图》

中吕·山坡羊

张养浩

骊山怀古

骊山四顾,阿房一炬,当时奢侈今何处。只见草萧疏,水萦纡。至今遗恨迷烟树,列国周齐秦汉楚。赢,都变做了土;输,都变做了土。

【品读】

骊山,在今陕西省临潼县,秦之阿房宫建于此处,项羽率大军入关后,将其付之一炬;萦纡(yū),曲绕回转;周,指两周王朝,齐秦汉楚,分别指战国时代的秦齐争霸和秦亡之后的楚汉相争。

| 长江浩浩西来 |

〔明〕陆治 《飞阁凭江图》

双调·折桂令

张养浩

过金山寺

长江浩浩西来,水面云山,山上楼台。山水相连,楼台相对,天与安排。诗句成风烟动色,酒杯倾天地忘怀。醉眼睁开,遥望蓬莱,一半儿云遮,一半儿烟霾。

【品读】

金山寺在今江苏扬州,长江岸边;蓬莱,指蓬莱仙境,此谓醉看金山寺,如见蓬莱仙境。

| 良夜恹恹不醉如何 |

〔明〕 仇英 《桃园仙境图》

双调·折桂令

张养浩

中　秋

一轮飞镜谁磨，照彻乾坤，印透山河。玉露泠泠，洗秋空银汉无波，比常夜清光更多，尽无碍桂影婆娑。老子高歌，为问嫦娥，良夜恹恹，不醉如何。

【品读】

飞镜，中秋圆月；泠（líng）泠，清凉；桂影，相传月中有桂树，故云；恹（yān）恹，无所事事、萎靡不振。中秋伤怀，透出的依然是满满豪气。

| 醉时节笑捻着黄花去 |

〔元〕 金黼 《山林曳杖图》

正宫·寒鸿秋

郑光祖

门前五柳侵江路,庄儿紧依白苹渡。除彭泽县令无心做,渊明老子达时务。频将浊酒沽,识破兴亡数,醉时节笑捻着黄花去。

【品读】

郑光祖,字德辉,元曲四大家之一,著有杂剧十八种,名闻当时。

五柳,陶渊明曾在门前种五株柳树,并自称五柳先生,后以五柳喻隐逸之志;彭泽县令,陶渊明曾做过八十多天彭泽令,终不肯为五斗米折腰,辞官归隐。

| 朝市得安为大隐 |

〔明〕 唐寅 《桐荫清梦图》

中吕·山坡羊

曾 瑞

讥 时

繁花春尽,穷途人困,太平分的清闲运。整乾坤,会经纶,奈何不遂风雷信?朝市得安为大隐。咱,装做蠢;民,何受窘!

【品读】
　　曾瑞,字瑞卿,号褐夫,终生未仕。史称其神采卓异,优游于市井,洒然如神仙中人。
　　此曲是对自己满腹经纶,不得施展抱负的感慨,结论是,咱可装蠢隐居,其奈天下百姓何!整乾坤,会经纶,是说自己胸怀大志,有治国之才;不遂风雷信,是说未有风云际会的机遇;朝市得安,是出自孔子所说之大隐隐市朝,暗喻自己是隐居以求志。

| 命里无时莫强求 |

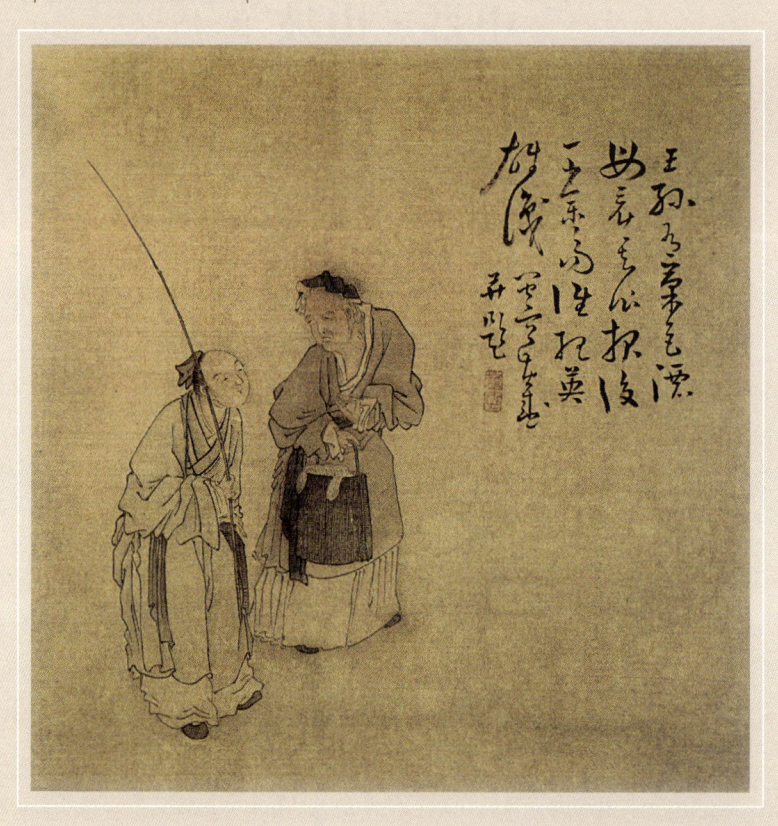

〔清〕 黄慎 《人物图》

南吕·四块玉

刘时中

泛彩舟,携红袖,一曲新声按伊州。樽前更有忘机友:波上鸥,花底鸠,湖畔柳。

又

看野花,携村酒,烦恼如何到心头。红缨白马难消受。二顷田,两只牛,饱时候。

又

佐国心,拿云手,命里无时莫强求。随缘过得休生受。几叶锦,几匹绸,暖时候。

又

禄万钟,家千口,父子为官弟封侯。画堂不管铜壶漏。休费心,休过求,撅破头。

【品读】

刘时中,号逋斋,曾任元朝太常博士、浙江行省都事,现存小令74首。

红袖,美女;按,击板而唱;伊州,即《伊州曲》;忘机友,投机友、倾心之交;红缨白马,谓地位显赫;佐国心、拿云手,均谓佐天子治国之志;生受,强求;禄万钟,指高官厚禄;铜壶漏,计时之器为铜壶,此指时光流逝非画堂可留;撅(diān),跌。

| 村箫社鼓 |

〔明〕 李士达 《岁朝村庆图》

双调·折桂令

刘时中

农

想田家作苦区区,有斗酒豚蹄,畅饮歌呼。瓦钵瓷瓯,村箫社鼓,落得装愚。吾将种牵衣自舞,妇秦人击缶相娱。儿女供厨,仆妾扶舆。无是无非,不乐何如?

【品读】

作苦区区,区区小苦;豚(tún)蹄,猪蹄;瓯,酒杯;社鼓,社日之时,村中往往以箫、鼓祭社神;缶,瓦缸;扶舆,扶车。

| 小小渔舟差 |

〔明〕 吴伟 《江山渔乐图》

双调·折桂令

刘时中

渔

鳜鱼肥流水桃花，山雨溪风，漠漠平沙。箬笠蓑衣，笔床茶灶，小作生涯。樵青采芳洲蓼牙，渔童薪别浦蒹葭。小小渔舟差，泛宅浮家，一舸鸱夷，万顷烟霞。

【品读】

此曲前半部分化唐张志和《渔歌子》而来，《渔歌子》云："西塞山前白鹭飞，桃花流水鳜鱼肥。青箬笠，绿蓑衣，斜风细雨不须归。"后半部分为自身写照。箬（ruò）笠，嫩蒲所编斗笠；樵青采芳洲蓼牙，打青枝为柴，采蓼草之芽为食；薪别浦蒹葭，采薪远离芦苇岸；差，即槎，木筏；泛宅浮家，谓以舟为家；舸，船；鸱（chī）夷，皮革所制酒囊。

| 家童伴我池塘坐 |

〔明〕 徐渭 《人物图》

双调·殿前欢

刘时中

醉翁酡,醒来徐步杖藜拖。家童伴我池塘坐,鸥鹭清波。映水红莲五六科,秋光过,两句新题破。秋霜残菊,夜雨枯荷。

【品读】

酡(tuó),酒后脸红;拖,拖在身后;五六科,即五六棵。

| 太翁庄上走如梭 |

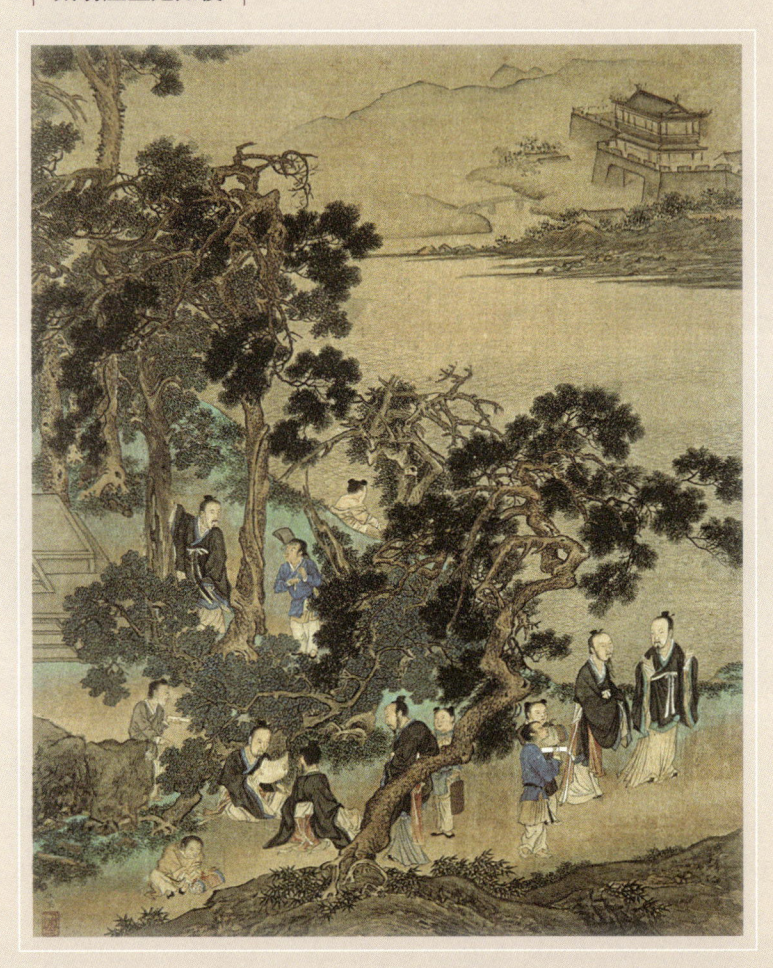

〔明〕 仇英 《人物故事图》

双调·殿前欢

刘时中

醉颜酡,太翁庄上走如梭。门前几个官人坐,有虎皮驮驮。呼王留唤伴哥,无一个,空叫得喉咙破。人踏了瓜果,马践了田禾。

【品读】

农夫醉酒,呼乡邻王留与伴哥,无一个,写得妙趣横生。虎皮驮驮,谓虎皮马鞍。

| 至今寂寞彭泽县 |

〔明〕 杜堇 《梅下弹琴图》

正宫·塞鸿秋

薛昂夫

功名万里忙如燕，斯文一脉微如线，光阴寸隙流如电，风雪两鬓白如练。尽道便休官，林下何曾见，至今寂寞彭泽县。

【品读】

薛昂夫，本名薛超兀儿，维吾尔族人，字九皋，曾任元朝衢州路总管，晚年隐居杭州郊外。

尽道便休官，林下何曾见，谓官场中人多是口头清高，说是想辞官归隐，但山林之中却不见此类人物，灵彻《东林寺酬韦丹刺史诗》云："相逢尽道休官好，林下何曾见一人"。彭泽县，代指陶渊明，此谓与之类似的人难以见到，故云，至今寂寞彭泽县。

| 为功名走尽天涯路 |

〔明〕 吴伟 《霸桥风雨图》

中吕·山坡羊

薛昂夫

大江东去,长安西过,为功名走尽天涯路。厌舟车,喜琴书。早星星鬓影瓜田墓,心待足时名便足。高,高处苦;低,低处苦。

【品读】

舟车,此指为求功名而舟车劳顿;星星鬓影,鬓发斑白;瓜田墓,指西汉初年之邵平,其秦时曾为东陵侯,秦亡后在长安东门外种瓜,被称作东陵瓜,此处以瓜田墓喻离官隐居。

| 绿阴茅屋两三间 |

〔元〕 赵孟頫 《鹊华秋色图》

双调·水仙子

贯云石

田 家

绿阴茅屋两三间,院后溪流门外山。山桃野杏开无限,怕春光虚过眼,得浮生半日清闲。邀邻翁为伴,使家僮过盏,直吃的老瓦盆干。

【品读】

贯云石,号酸斋,维吾尔族人,先为元朝武官,后弃武从文,曾任翰林院侍读学士,时人评价其为翩翩公子,散曲之俊逸为当世之冠。

过盏,传递酒杯。

| 更闰一更妨甚么 |

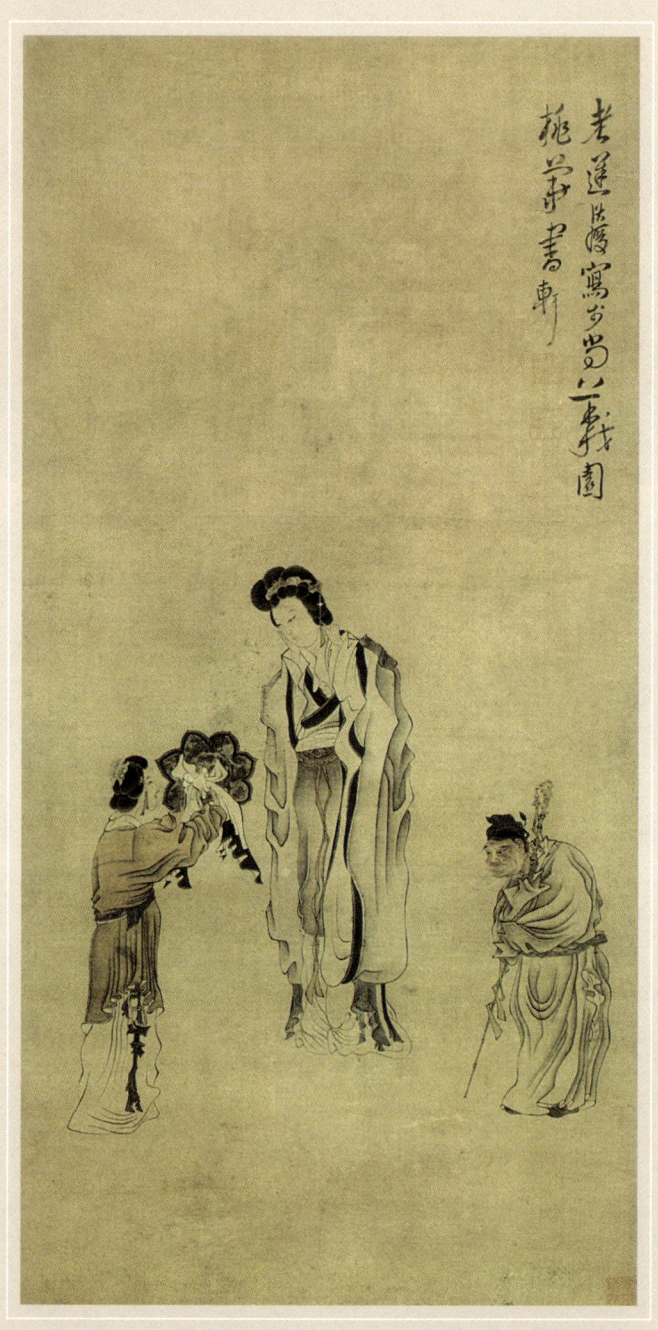

〔明〕 陈洪绶 《仕女图》

中吕·红绣鞋

贯云石

挨着靠着云窗同坐,看着笑着月枕双歌,听着数着愁着怕着早四更过。四更过,情未足,情未足,夜如梭。天那!更闰一更妨甚么。

【品读】

此曲妙在最后一句,"天那!"以大俗入曲,得来大雅;更闰一更,将闰月、闰年之方法要借来一用,增加一更,更是大胆率真。

听着数着,指听着数着打更之声。

| 钓台下风云庆会 |

〔明〕 文伯仁 《清溪渔隐图》

中吕·满庭芳

乔 吉

渔父词

吴头楚尾,江山入梦,海鸟忘机。闲来得觉胡伦睡,枕著蓑衣。钓台下风云庆会,纶竿上日月交蚀。知滋味,桃花浪里,春水鳜鱼肥。

【品读】

乔吉,字梦符,号惺惺道人,一生未仕,浪迹四方,以诗酒自娱,今有小令209首,为元朝之多产曲家。

吴头楚尾,指楚吴两国交界处;胡伦睡,即囫囵睡;枕著,枕着;纶竿,钓竿;日月交蚀,谓日去月来、时光流逝;春水鳜鱼肥,亦化张志和《渔父歌》而来。

| 春风堂上寻王谢 |

〔清〕 任颐 《柳燕图》

中吕·山坡羊

赵善庆

燕　子

来时春社，去时秋社，年年来去搬寒热。语喃喃，忙劫劫，春风堂上寻王谢，巷陌乌衣夕照斜。兴，多见些；亡，都尽说。

【品读】

赵善庆，字文宝，一生未仕，游历颇广，今有小令29首。

春社、秋社，古时两大民间节日，分别在立春后和立秋后若干日；劫劫，即汲汲，热衷，急切；春风堂上寻王谢，王谢，即东晋权贵王导家族与谢安家族，两大家族均居于建康之乌衣巷；刘禹锡《乌衣巷》诗云："朱雀桥边野草花，乌衣巷口夕阳斜。旧时王谢堂前燕，飞入寻常百姓家"。

|骊山横岫|

〔清〕 袁江 《水殿春深图》

中吕·山坡羊

赵善庆

长安怀古

骊山横岫,渭水环秀,山河百二还如旧。狐兔悲,草木秋,秦宫隋苑徒遗臭,唐阙汉陵何处有?山,空自愁;河,空自流。

【品读】

骊山,在今陕西临潼县,秦之阿房宫、唐之华清池均在此地;岫(xiù),山峰;山河百二,据此山河之险,能够以二抵百。

| 静寥寥门掩清秋夜 |

〔元〕 高克恭 《春云晓霭图》

双调·庆东原

赵善庆

泊罗阳驿

砧声住,蛩韵切,静寥寥门掩清秋夜。秋心凤阙,秋愁雁堞,秋梦蝴蝶。十载故乡心,一夜邮亭月。

【品读】

砧(zhēn)声,洗衣时的捣衣声;蛩韵切,蟋蟀声急;凤阙,帝王宫阙,秋心凤阙,言求仕之心已如秋日,热情全无;雁堞(dié),雁门关之城堞,秋愁雁堞,言建功立世之志已化为秋愁;秋梦蝴蝶,庄子曾梦自己为蝶,醒来后说,不知是庄周梦为蝴蝶,还是蝴蝶梦为庄周;邮亭,即驿站。

| 见他问咱 |

〔清〕 金农 《山水人物图》

中吕·朝天子

张可久

春 思

见他,问咱,怎忘了当初话。东风残梦小窗纱,月冷秋千架。自把琵琶,灯前弹罢。春深不到家。五花,骏马,何处垂杨下。

【品读】

张可久,号小山,元前期人,先后为小吏和幕僚,不得志,好周游,今存小令855首,为元曲作者之最。

五花、骏马,即五花马,此言所思郎君之五花骏马不知系于何处柳下。

| 罗衣还怯东风瘦 |

〔清〕 费丹旭 《仕女倚秋图》

黄钟·人月圆

张可久

春日次韵

罗衣还怯东风瘦,不似少年游。匆匆尘世,看看镜里,白了人头。片时春梦,十年往事,一点诗愁。海棠开后,梨花暮雨,燕子空楼。

【品读】

罗衣,丝罗薄衣;片时春梦,此句化杜牧《遣怀》而来,该诗云:"落魄江湖载酒行,楚腰纤细掌中轻。十年一觉扬州梦,赢得青楼薄幸名。"

| 江山好处追游遍 |

〔清〕 谢荪 《青绿山水图》

中吕·满庭芳

张可久

山中杂兴

人生可怜,流光一瞬,华表千年。江山好处追游遍,古意翛然。琵琶恨青衫乐天,洞箫寒赤壁坡仙。村酒好溪鱼贱,芙蓉岸边。醉上钓鱼船。

【品读】

华表千年,据《搜神后记》,辽东人丁令威入山学道,化为仙鹤返回家乡,立于城门华表柱上,不料人间已过千年,物是人非;翛(xiāo)然,轻松自如之状;琵琶恨青衫乐天,本于白居易(字乐天)之《琵琶行》,其末句云:"座上泣下谁最多,江州司马青衫湿。"洞箫寒赤壁坡仙,本于苏轼(字东坡,被称坡仙)之《前赤壁赋》,赋云:"客有吹洞箫者,倚歌而和之。"

| 故园老树应无恙 |

〔元〕 王蒙 《天香深处图》

中吕·满庭芳

张可久

风波几场,急疏利锁,顿解名缰。故园老树应无恙,梦绕沧浪。伴赤松归欤子房,赋寒梅瘦却何郎。溪桥上,东风暗香,浮动月昏黄。

【品读】

利锁,名利之锁;名缰,名利之羁绊;赤松,即西汉初高士赤松子,张良曾拜其为师,张良,字子房;何郎,即南朝诗人何逊,其《咏早梅》一诗颇负盛名;东风暗香,化自林逋《山园小梅》诗:"疏影横斜水清浅,暗香浮动月黄昏。"

| 远人南去夕阳西下 |

〔清〕 王原祁 《山水图》

黄钟·人月圆

徐再思

甘露怀古

江皋楼观前朝寺,秋色入秦淮。败垣芳草,空廊落叶,深砌苍苔。远人南去,夕阳西下,江水东来。木兰花在,山僧试问:知为谁开?

【品读】

徐再思,字德可,曾为元朝嘉兴路吏员,自号甜斋。

甘露寺,三国时东吴所建,在今江苏镇江北固山中;江皋(gāo),江边高地;楼观,即甘露寺;秦淮,秦淮河,三国六朝时为繁华之地。

| 山外晴霞山下人家 |

〔明〕朱端 《松院闲吟图》

双调·蟾宫曲

孙周卿

自 乐

草团标正对山凹,山竹炊粳,山水煎茶。山芋山薯,山葱山韭,山果山花。山溜响冰敲月牙,扫山云惊散林鸦。山色元佳,山景堪夸。山外晴霞,山下人家。

【品读】

孙周卿,元中期人,先仕后隐,作品清新淡泊。

草团,圆形茅草房;标正对山凹,正正地对着山凹;山色元佳,山色本就佳美。

一则小令十五个"山"字,却以不着一丝俗意,非常人可及。

| 渔翁醉醒江上晚 |

〔元〕 吴镇 《渔父图》

越调·柳营曲

查德卿

江 上

烟艇闲,雨蓑干,渔翁醉醒江上晚。啼鸟关关,流水潺潺,乐似富春山。声柔橹江湾,一钩香饵波寒。回头贪兔魄,失意放渔竿。看,流下蓼花滩。

【品读】

查德卿,元中期人,生平不详。

烟艇,烟雨中的小船;关关,鸟鸣声;富春山,在今浙江境内,东汉初严子陵不肯入朝为官,隐居于此,后人遂以之代指隐居之地;兔魄,月亮。

| 清露生凉夜 |

〔清〕 黄慎 《山水人物图》

双调·清江引

吴西逸

秋 居

白雁乱飞秋似雪,清露生凉夜。扫却石边云,醉踏松根月,星斗满天人睡也。

【品读】

吴西逸,生平不详,约为元中期人,曲风清秀淡泊。

秋似雪,谓白雁纷飞如秋日雪花飞扬;松根月,照在松下之月色。

| 数声短笛沧州 |

〔元〕 盛懋 《沧江横笛图》

越调·天净沙

吴西逸

闲 题

楚云飞满长空,湘江不断流东,何事离多恨冗?夕阳低送,小楼数点残鸿。

又

数声短笛沧州,半江远水孤舟,愁更浓如病酒。夕阳时候,断肠人倚西楼。

又

江亭远树残霞,淡烟芳草平沙,绿柳阴中系马。夕阳西下,水村山郭人家。

【品读】

冗,繁杂;沧州,沧浪之州,隐士所居之处;病酒,醉酒。此三曲可与马致远《秋思》对读。

| 讲诗书习功课 |

〔明〕 仇英 《摹天籁阁宋人画册图》

中吕·普天乐

张鸣善

嘲西席

讲诗书，习功课。爷娘行孝顺，兄弟行谦和。为臣要尽忠，与朋友休言过。养性终朝端然坐，免教人笑俺风魔。先生道"学生琢磨"，学生道"先生絮聒"，馆东道"不识字由他"。

【品读】

张鸣善，名择，号顽老子，元末明初人，曾为元朝宣慰司令史。元亡后，隐居不仕。

此曲是以一个私塾学生的角度，嘲笑先生之作；西席，教书先生；风魔，冒失、轻浮；絮聒（guō），唠叨；馆东，开学馆的主人。

| 风雨儿难当 |

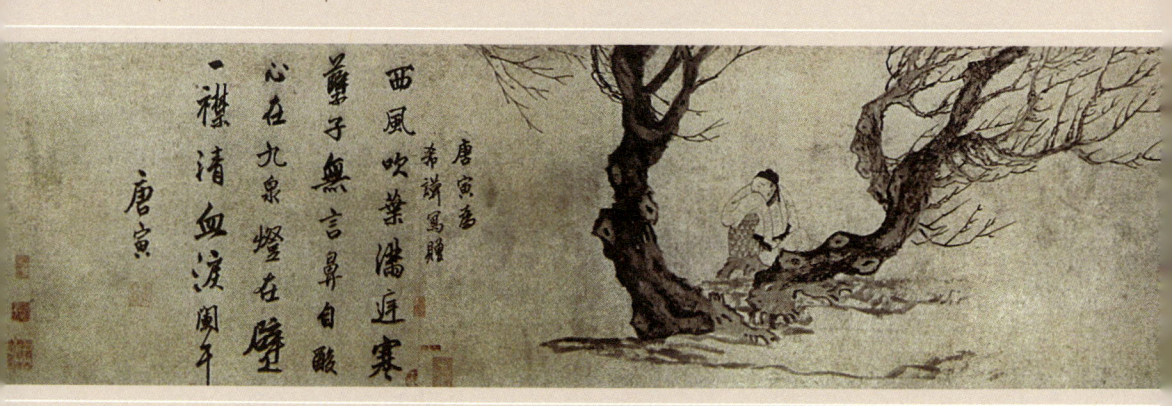

〔明〕 唐寅 《风木图》

中吕·普天乐

张鸣善

咏 世

雨儿飘,风儿飚。风吹回好梦,雨滴损柔肠。风萧萧梧叶中,雨点点芭蕉上。风雨相留添悲怆,风和雨卷起凄凉。风雨儿怎当?风雨儿定当,风雨儿难当。

【品读】

飚,即扬;此言离情幽梦被风儿吹断,飚起片片思愁。最后三句"风雨儿"是此曲的点睛之笔,将闺怨女子的娇、嗔、羞尽数绘出。

| 不道我愁人怕听 |

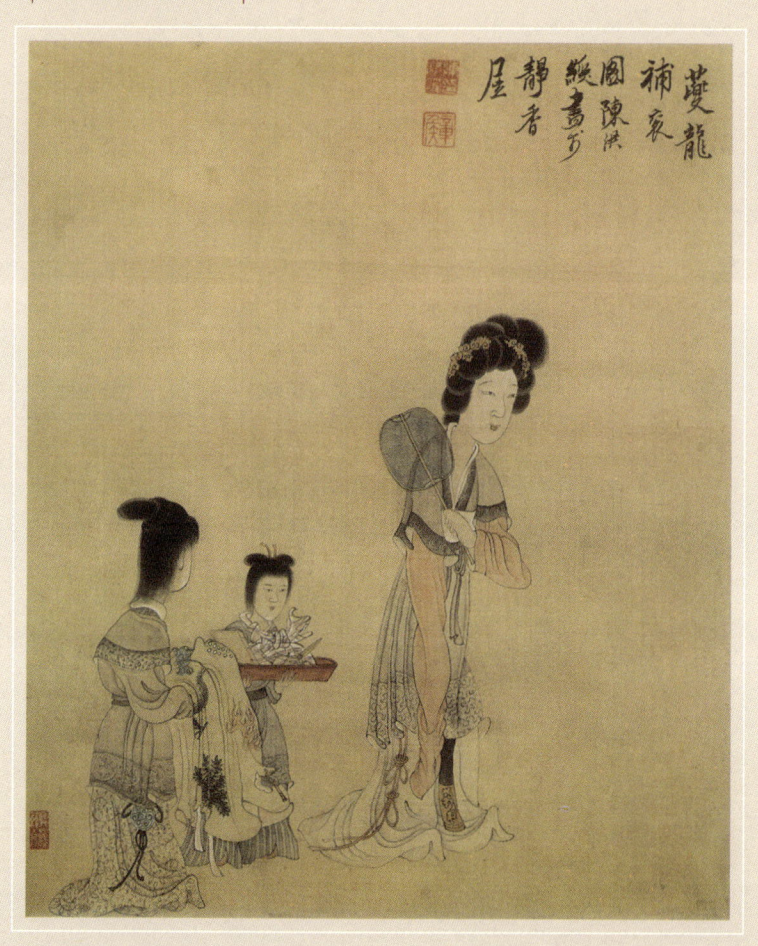

〔明〕 陈洪绶 《杂画图》

商调·梧叶儿

杨朝英

客中闻雨

檐头溜,窗外声,直响到天明。滴得人心碎,刮得人梦怎成。夜雨好无情,不道我愁人怕听。

【品读】

杨朝英,字英甫,号澹斋,元末人,曾为元朝郡守,后隐居,编有《太平乐府》《阳春白雪》两部元散曲集。

檐头溜,檐头有一凹形瓦,汇拢房上雨水流下;此曲当化温庭筠《更漏子》一词而来,其词云:"玉炉香,红蜡泪,偏照画堂秋思。眉翠薄,鬓云残,夜长衾枕寒。梧桐树,三更雨,不道离情正苦。一叶叶,一声声,空阶滴到明。"

| 问酒杏花村 |

〔明〕 周臣 《春山游骑图》

中吕·红绣鞋

周德清

郊 行

茅店小斜挑草稕，竹篱疏半掩柴门。一犬汪汪吠行人。题诗桃叶渡，问酒杏花村，醉归来驴背稳。

【品读】

周德清（1277～1365），字日湛，号挺斋，其曲音律工巧，颇具特色。

草稕（zhùn），草把，古时酒家往往捆扎草把，挑在门前，作为招牌；桃叶渡，晋朝名士王献之送爱妾桃叶渡河诗云："桃叶复桃叶，渡江不用楫。但渡无所苦，我正迎接汝。"杏花村，杜牧《清明》诗云："借问酒家何处有，牧童遥指杏花村。"

| 江帆几片疾如箭 |

〔清〕 陈洪喆 《山水图》

正宫·塞鸿秋

周德清

浔阳即景

长江万里白如练,淮山数点青如淀,江帆几片疾如箭,山泉千尺飞如电。晚云都变露,新月初学扇,塞鸿一字来如线。

【品读】

此曲洗练、高远,其尺度与气势为元曲中少有,此曲之工整亦元曲中少有。淀,青蓝色;学扇,谓半圆之月如扇面。

| 砧声催动一天霜 |

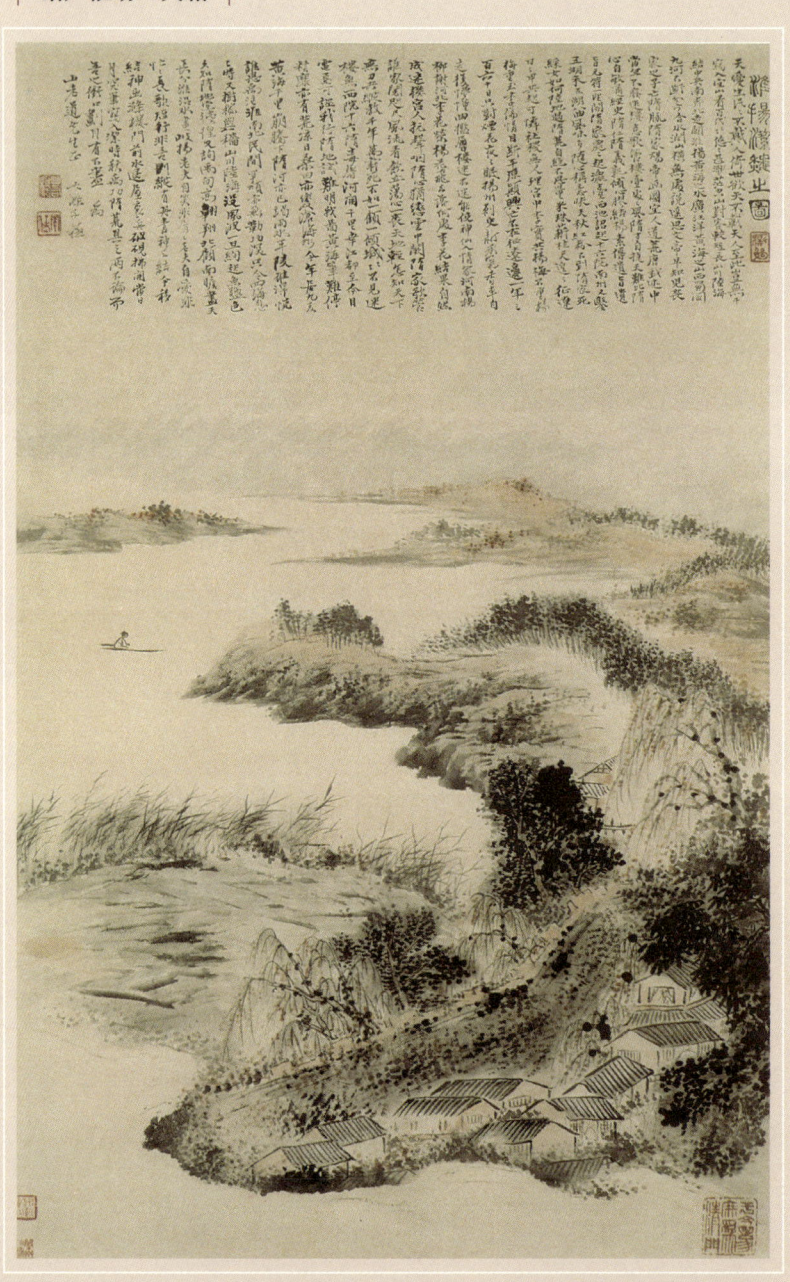

〔清〕 石涛 《淮阳结秋图》

中吕·朝天子

周德清

秋夜客怀

月光,桂香,趁着风飘荡。砧声催动一天霜,过雁声嘹亮。叫起离情,敲残愁况。梦家山,身异乡。夜凉,枕凉,不许愁人强。

【品读】

此曲音节顿挫跌宕,与离愁别绪浑然一体,一改以往写离愁必曲婉哀怨之风。砧(zhēn)声,捣衣声;家山,家乡;不许愁人强,即愁人想自抑愁思都不可能。

| 做一个穷风月训导 |

〔明〕 仇英 《摹天籁阁宋人画册图》

正宫·醉太平

钟嗣成

风流贫最好,村沙富难交。拾灰泥补砌了旧砖窑,开一个教乞儿市学。裹一顶半新不旧乌纱帽,穿一领半长不短黄麻罩,系一条半联不断皂环绦,做一个穷风月训导。

【品读】

钟嗣成,字继先,号丑斋,元末人,撰有《录鬼簿》,较全面地收录了元曲、元杂剧之作者及作品。

村沙,村中粗俗之人;市学,收费学堂;训导,教书先生。

| 重上越王台 |

〔明〕 仇英 《仙山楼阁图》

黄钟·人月圆

倪　瓒

伤心莫问前朝事，重上越王台，鹧鸪啼处，东风草绿，残照花开。怅然孤啸，青山故国，乔木苍苔。当时月明，依依素影，何处飞来？

【品读】

倪瓒（1301～1374），字元镇，自号风月主人、云林子等，擅书画音律，终生不仕。

此曲为咏史遣怀之作，先写夕阳残照，重登越王勾践之越王台，继述故国依旧，英雄不再，只余乔木苍苍。最末月明之句，点出如影如幻的结局。

| 梧桐覆井杨柳藏门 |

〔明〕 蓝瑛 《仿北苑茅亭话旧图》

黄钟·人月圆

倪 瓒

惊回一枕当年梦,渔唱起南津。画屏云嶂,池塘春草,无限消魂。旧家应在,梧桐覆井,杨柳藏门。闲身空老,孤篷听雨,灯火江村。

【品读】

年老怀故之作写得悽切,却不悲凉。旧时池塘春草,无限消魂,老来孤篷听雨,却也惬意,一丝淡淡的乡愁,缭绕其中,透出诗人的淡泊与超然。

| 一江秋水澹寒烟 |

〔清〕 金农 《风雨归舟图》

黄越调·小桃红

倪瓒

秋江

一江秋水澹寒烟,水影明如练,眼底离愁数行雁。雪晴天,绿苹红蓼参差见。吴歌荡桨,一声哀怨,惊起白鸥眠。

【品读】

秋江自是写秋日之江,往往是苍凉、空阔,此曲却以小见大,先是数行大雁之离愁扰人心弦,又是白鸥惊醒之怨让人深思,自然明亮,禅机暗隐。

| 渔舟一叶聊且避风尘 |

〔元〕 曹知白 《溪山泛艇图》

越调·小桃红

倪 瓒

秋江之二

五湖烟水未归身,天地双蓬鬓。白酒新篘会邻近。主酬宾,百年世事兴亡运。青山数家,渔舟一叶,聊且避风尘。

【品读】

篘(chōu),为滤酒竹笼,新篘,新滤之酒。

超凡脱俗之画面,仍要楔入世事兴亡之关注,隐者非隐,且只暂避风尘。

| 一杯别酒阑三唱阳关罢 |

〔明〕 唐寅 《吹箫仕女图》

商调·金络索挂梧桐

高 明

咏 别

一杯别酒阑,三唱阳关罢,万里云山两下相牵挂。念奴半点情与伊家,分付些儿莫记差。不如收拾闲风月,再休惹朱雀桥边野草花。无人把,萋萋芳草随君到天涯。准备着夜雨梧桐,和泪点常飘洒。

【品读】

高明,字则诚,号菜根道人,元末明初人,曾任元朝丞相掾,著有《琵琶记》。

此别曲写得轻松诙谐,内中的伤感却毫不逊色。阑,结束;阳关,即古送别曲《阳关三叠》;念奴半点情与伊家,即我对你的情记念半点;分付些儿莫记差,吩咐的话儿莫记错。

| 秋风江上棹孤舟 |

〔清〕 邹喆 《山水图》

正宫·小梁州

汤 式

九日渡江

秋风江上棹孤舟，烟水悠悠，伤心无句赋登楼。山容瘦，老树替人愁。【幺】樽前醉把茱萸嗅，问相知几个白头。乐可酬，人非旧。黄花时候，难比旧风流。

【品读】

汤式，字舜民，号菊庄，元末明初人，一生落魄，工于散曲，著有《笔花集》。

赋登楼，东汉末年，名士王粲前往荆州投奔刘表，未被礼遇，遂作《登楼赋》，此处隐含汤式本人怀才不遇之伤感；茱萸，王维《九月九日登高忆山东兄弟》诗云："遥知兄弟登高处，遍插茱萸少一人。"汤式在此喻朋友之情弥足珍贵。

| 推蓬望清思满沧浪 |

〔清〕 邹喆 《山水图》

正宫·小梁州

汤 式

九日渡江之二

秋风江上棹孤航,烟水茫茫,白云西去雁南翔。推蓬望,清思满沧浪。【幺】东篱载酒陶元亮,等闲间过了重阳。自感伤,何情况。黄花惆怅,空作去年香。

【品读】

九是,即九月初九,重阳节;推蓬,推开船蓬上之窗;东篱载酒陶元亮,陶潜,名元亮,字渊明,其《饮酒》诗云:"采菊东篱下,悠然见南山。"黄花,菊花,花季为九月初九前后。

| 冷清清人在西厢 |

〔明〕 仇英 《修竹仕女图》

双调·蟾宫曲

汤 式

冷清清人在西厢,叫一声张郎,骂一声张郎。乱纷纷花落东墙,问一会红娘,絮一会红娘。枕儿㶱,衾儿剩,温一半绣床,闲一半绣床。风儿斜,月儿细,开一扇纱窗,掩一扇纱窗。荡悠悠梦绕高唐,萦一寸柔肠,断一寸柔肠。

【品读】

此曲是一部简明版的《西厢记》,以崔莺莺的口吻,写出了与张生间的柔情蜜意。高唐,本自宋玉《神女赋》,指男女情欢。

| 更洒遍客舍青青 |

〔清〕 樊圻 《平山曲涧图》

大石调·阳关三叠

无名氏

渭城朝雨浥轻尘,更洒遍客舍青青。弄柔凝千缕,更洒遍客舍青青。弄柔凝翠色,更洒遍客舍青青,弄柔凝柳色新。休烦恼,劝君更尽一杯酒,人生会少。自古富贵功名有定分。休烦恼,劝君更尽一杯酒,旧游如梦,只恐怕西出阳关,眼前无故人!休烦恼,劝君更尽一杯酒,只恐怕西出阳关,眼前无故人!

【品读】

此曲之作者虽无姓氏留下,但并不妨碍它是一代名曲,把王维《送元二使安西》一诗演绎得如歌如泣,不让原作。

王维诗云:"渭城朝雨浥轻尘,客舍青青柳色新。劝君更尽一杯酒,西出阳关无故人。"浥(yì),湿润。

| 青山排户闼 |

〔明〕 沈周 《山水图》

寨儿令

康 海

虽然是穷煞英雄，长啸一声天地空。禄享千钟，位至三公，半霎过檐风，马儿上才会峥嵘，局儿里早被牢笼。青山排户闼，绿树绕垣墉，风，潇洒月明中。

【品读】

康海（1475～1540），字德涵，号对山，明弘治十五年状元，曾任翰林院编修，后革职为民。

隐逸之志也写得如此豪放，实属绝唱。前一句先写穷困英雄同样长啸天地；中一句写达官贵人不过转瞬风光；后一句则陶醉于隐逸风月中。千钟，谓厚禄；半霎，比一刹那还快；户闼（tà），门户；垣墉（yōng），城墙。

| 一轮残月照边关 |

〔元〕 黄公望 《九峰雪霁图》

傍妆台

李开先

曲参参,一轮残月照边关。恨来口汲尽黄河水,拳打碎贺兰山。铁衣披雪浑身湿,宝剑飞霜扑面寒。驱兵去,破虏还,得偷闲处且偷闲。

【品读】

李开先(1501～1568),字伯华,号中麓,明嘉靖进士,官至太常少卿,著有《李中麓乐府》等。

曲参参,弯曲之状;贺兰山,在今宁夏北部,向来为北方少数民族所居,此句系化岳飞《满江红》:"踏破贺兰山阙"而来。散曲之中,透出如此豪迈之气,甚为少见。

| 离绪交杂说不尽去时话 |

〔明〕 文徵明 《春深高树图》

送吴怀梅·新水令

金銮

暖风芳草遍天涯,带沧江远山一抹。六朝堤畔柳,三月寺边花。离绪交杂,说不尽去时话。

【品读】

金銮,字在衡,号白屿,曲风风流婉转,著有《萧爽斋乐府》。

送别之曲,无悲愁哀愁之辞。烟花三月之胜景,送者去者说不尽去时话,已将种种离愁尽括。

| 晓行残月茅店鸡声 |

〔明〕 沈周 《溪山秋色图》

咏月·觯三酲

杨　慎

秦楼月与箫声并冷，缑山月共笙韵双清，西江月酹曹瞒恨，牛渚月泛袁宏兴，梁园月绿苔生阁芳尘静，长安月练捣秋风万户砧。人间境，最堪怜晓行残月，茅店鸡声。

【品读】

杨慎（1488~1559），字用修，号升庵，明正德年间状元，曾为翰林修撰，后归隐不仕，著有《陶情乐府》。

此曲用典颇多，层层典故之后，衬出作者自身的一份感悟，最堪怜之事，就是晓行残月，茅店鸡声，也就是驿旅之孤寂与凄凉。

秦楼月，秦穆公之女弄玉与善吹箫之萧史相爱，两人化凤而去；缑山月，王子晋成仙后，曾在缑山鼓笙，向家人道别；曹瞒，即曹操，苏轼《水调歌头》一词曾追忆赤壁之战中曹操的失败，词末云："人生如梦，一尊还酹江月。"牛渚月，晋朝袁宏少年时曾在长江南岸之牛渚夜吟，恰遇镇西将军谢尚泛舟赏月，遂成知己；梁园月，西汉梁孝王筑梁园，招览四方名士，但随着其被废黜，此园也迅速荒芜，李白曾作《梁园吟》一诗，感叹不已；长安月，李白《子夜吴歌》诗云："长安一片月，万户捣衣声。"茅店，山野客店。

| 归去黄昏 |

〔明〕 仇英 《莲溪渔隐图》

秦淮渔隐·梁州第七

陈　铎

有时鸣榔近白鹭洲笑采青,有时推篷向朱雀桥闲看晚云,有时湾船在乌衣巷独步斜曛,有时满身衣襟潇然爽透荷香润。旋折来柳条嫩,穿得鲜鲜出网鳞,归去黄昏。

【品读】

陈铎,字大声,号秋碧,著有《梨云寄傲》《秋碧乐府》《月香小稿》。

榔,木棒,专指敲击船舷使鱼入网之木棒;斜曛(xūn),落日余光;出网鳞,出网之鱼。

既是隐于江上,何必还要向朱雀桥闲看晚云,更不必到乌衣巷独步夕阳,这位隐士属于身在山林,心居朝市者。

| 正平川夜晴如昼 |

〔清〕 黄慎 《牧牛图》

落梅风

王 磐

牛羊放,散不收,正平川夜晴如昼。向青天此宵权借宿,绿蓑衣铺着星宿。

【品读】

王磐,字鸿渐,号西楼,明中期人,终生未仕,琴棋书画均精,洒落不凡,著有《王西楼乐府》。

此曲其实是一幅白描图,牧羊人夜宿旷野,牛羊散布四周,借宿青天,铺盖星宿,只不知天凉露湿否?

| 怀抱着琵琶打了个前拾 |

〔明〕 唐寅 《仿韩熙载夜宴图》

南锁南枝

冯惟敏

打趣的客不起席,上眼皮欺负下眼皮。强打精神扎挣不的。怀抱着琵琶打了个前拾,唱了一曲如同睡语。那里有不散的筵席,半夜三更路儿又跷蹊,东倒西歆顾不的行李。昏昏沉沉来到家中,睡里梦里陪了个相识,睡到了大明才认的是你。

【品读】

冯惟敏(1511~1580),字汝行,号海浮,曾任明朝保定府通判,后归田不仕,著有《海浮山堂词稿》。

此曲写艺伎生活,生动逼真,将其中辛酸一一道出。前拾,行礼;跷蹊,即蹊跷;歆(qī),斜、歪。

| 劝哥哥休歹 |

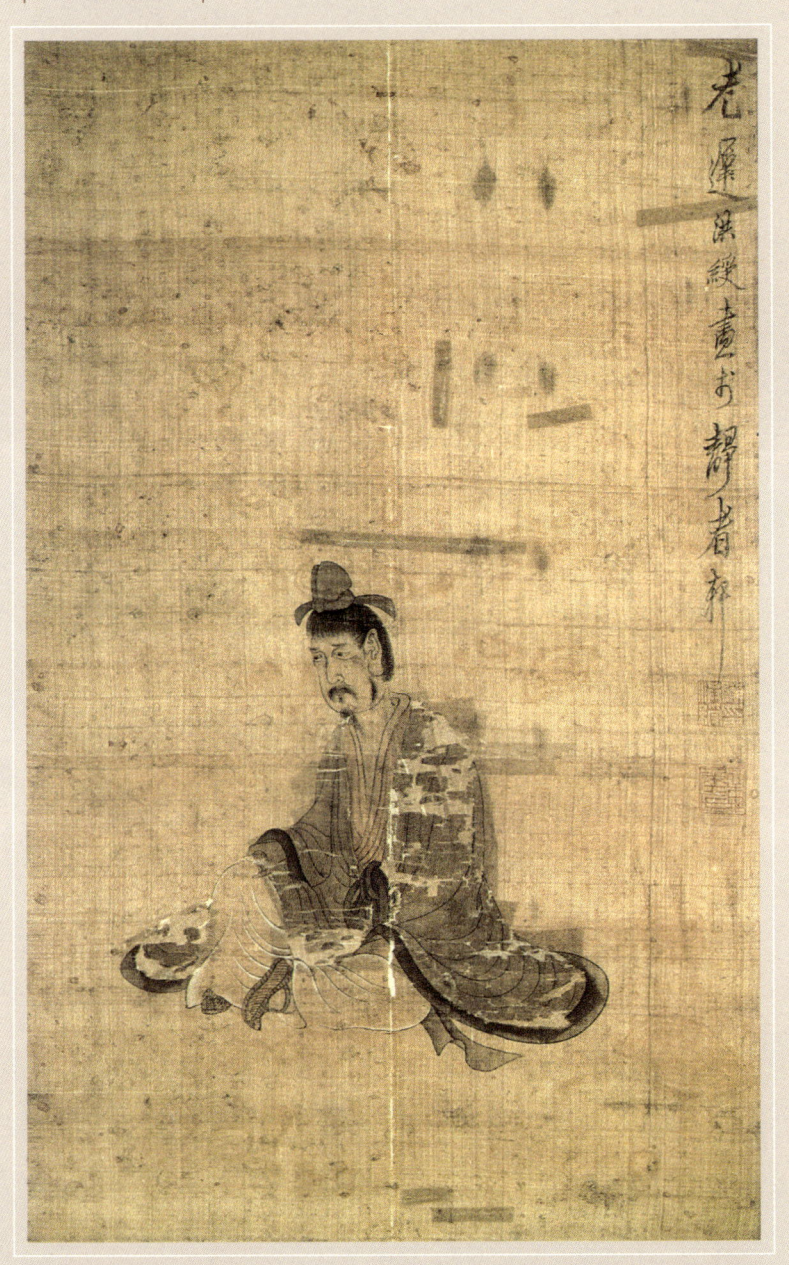

〔明〕 陈洪绶 《人物图》

醉太平

冯惟敏

家 训

劝哥哥休歹,把两眼睁开。一还一报一齐来,见如今天矮。人人心地藏毒害,家家事业多成败,时时局面有兴衰,到头来怎解。

【品读】

将家训训诫之语入曲,难度颇大,此曲却写得如此轻松,发人深省,实属难得。

| 任满院杨花不自由 |

〔明〕 仇英 《人物故事图》

咏帘栊·白练序

梁辰鱼

东风软,见曲曲回廊暮霭收。凝妆映几簇禁烟新柳。春昼,翠羽稠,任满院杨花不自由。空相叩,芳容阻隔,似无还有。

【品读】

梁辰鱼(1520~1580),字伯龙,号少白,工于音律,著有《江东白苎》《续江东白苎》。冯沅君与陆侃如合著之《中国诗史》评此曲雅丽工致而失于晦涩,令人有雾里看花之感。

| 病淹淹难医疗的模样 |

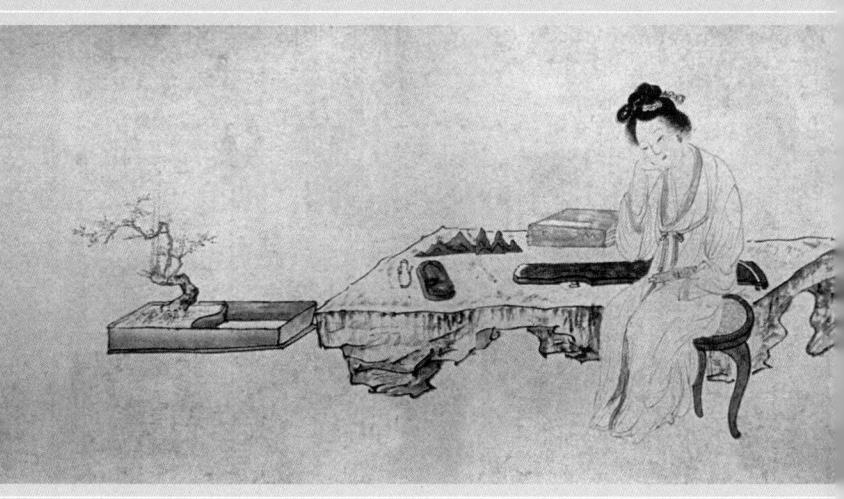

武陵已矣不复作矣傅子之字殆有趣
於思于水息二 洞涇居士胡首

〔明〕 吴伟 《武陵春图》

山坡羊

梁辰鱼

病淹淹难医疗的模样,软怯怯难存坐的形状,急煎煎难摆划的寸肠,虚飘飘难按纳的情和况。空自忙,全然没主张。盟山誓海,誓海都成谎;辗转书来,更无的当。凄凉,为甚更长似岁长?萧郎,莫认他乡是故乡。

【品读】

此曲为怨妇思夫之作。曲中将独守空房之女子写得如在目前,凄凄凉凉,坐卧不宁,尤其是"空自忙,全然没主张,"实在惟妙惟肖。直到最后,也无一句怨恨,只叮嘱夫君莫认他乡是故乡。《中国诗史》评此曲:"以悽婉胜。"

| 怎对却西风立 |

〔明〕 项圣谟 《大树风号图》

秋日登瀫水驿楼·鲍老催

梁辰鱼

江南倦客,图书积来空四壁。扁舟游处经数驿,奈一字无,两年别,五侯宅。孤云天际征鸿急,斜阳江上烟波疾,怎对却西风立!

【品读】

江南落拓文人之感怀,可读出西北塞上之风,难怪《中国诗史》评此曲:"以沉咽胜。"

| 远树云中归舟天际 |

〔清〕 吴宏 《江楼访友图》

拟金陵怀古·夜行船

梁辰鱼

万里涛回,看滔滔不断,古今流水。千年恨都化英雄血泪。徙倚,故国秋余,远树云中,归舟天际。山势,依旧枕寒流,阅尽几多兴废。

【品读】

《中国诗史》评此曲"以雄伟胜"。甚是,曲中颇能感到苏东坡"大江东去"的豪气。

| 一湾流水半窗残月 |

〔明〕 董其昌 《林和靖诗意图》

怀清源胡姬·古轮台

史 槃

燕解离愁,莺知别怨,一双宛转话江烟,又恍是传消寄息,把佳期约在明年。怕只怕一湾流水,半窗残月,几村渔火,寂寞对愁眠。

【品读】

史槃(1535~1630),字叔考,善书画,工曲,著有《齿雪余音》。

《中国诗史》谓:"这首曲不独秀丽而且婉转,无怪乎冯梦龙称它为'叔考得意之笔。'"

| 几重烟树几带云山 |

〔明〕 沈士充 《秋林水阁图》

书怀·倾杯序

沈　璟

天涯，旅病身且自挨。怕景物供愁态，奈几曲江流，几重烟树，几带云山，添我无赖！

【品读】

沈璟（1553～1610），字伯英，号宁庵，万历进士，曾任明朝光禄丞，著述颇丰。

读此曲总感到愁思的急促与压迫，层层递进，无法透气，直到"添我无赖"，方舒得一口气。《中国诗史》评论此曲："颇凄婉"。

| 一声杜宇落照间 |

〔元〕 任仁发 《秋水凫鹥图》

伤春·集贤宾

沈 璟

一声杜宇落照间,又寂寞春残。杨柳帘栊长日关,正梨花院落初闲。风朝雨晚,芳径里落红千万。停画板,又早见牡丹初绽。

【品读】

杜宇,即子规鸟。曲中阳光明媚,姹紫嫣红,虽也有寂寞春残,但又见牡丹初绽,一片生机无限。《中国诗史》谓此曲"颇秀美"。

| 江山千古 |

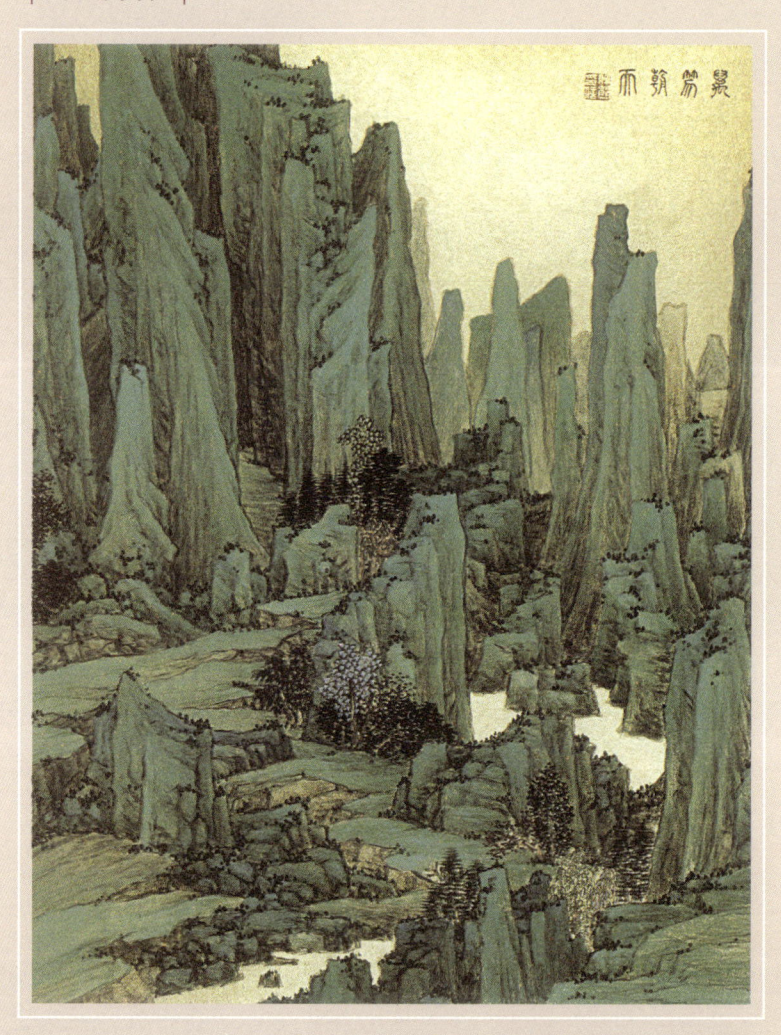

〔清〕 任熊 《十万图》

六犯清音

沈自晋

西山薇苦,东陵瓜隽,孤竹千秋难践,青门非旧,萧条故苑依然。雪径迁,云根变,望垂虹驿路谁传?愁的我寒烟宿雨残兵燹,愁的我衰草斜阳欲暮天。江山千古,波萦翠镌。兴亡一旦,歌狂酒颠,挥毫写不尽登楼怨。

【品读】

沈自晋(1583~1665),字伯明,号鞠通生。《中国诗史》云:"明亡是沈曲转变作风的关键,明亡以前的作品常写女人,风格多是秀丽的;明亡以后的作品常写故国之思,风格多是悲壮的。"此曲属于后者。

西山薇苦,商朝末年孤竹国国君有二子,为伯夷、叔齐,周灭商后,二人至西部之首阳山,采薇而食,最终饿死;东陵瓜,秦亡后,其东陵侯不肯在汉为官,遂在长安城外种瓜为生;隽(juàn),肥美。

| 醉扶归 |

〔清〕 唐棣 《松荫聚饮图》

泖上新居·醉扶归

施绍莘

淡茫茫水镜推窗晓，疏点点渔灯夜候潮，暗昏昏鸠雨过平皋，白微微鹭雪销残照。蓼亭秋水乍添篙，只觉的地浮天涨乾坤小。

【品读】

施绍莘（1588~1640），字子野，号峰泖浪仙，屡试不第，终生未入仕，著有《花影集》。

鸠雨，鸠鸟纷飞如雨；鹭雪，白鹭如雪，篙（gāo），撑船竹竿；只觉的地浮天乾坤小，此述醉态。

做一清雅雅的会

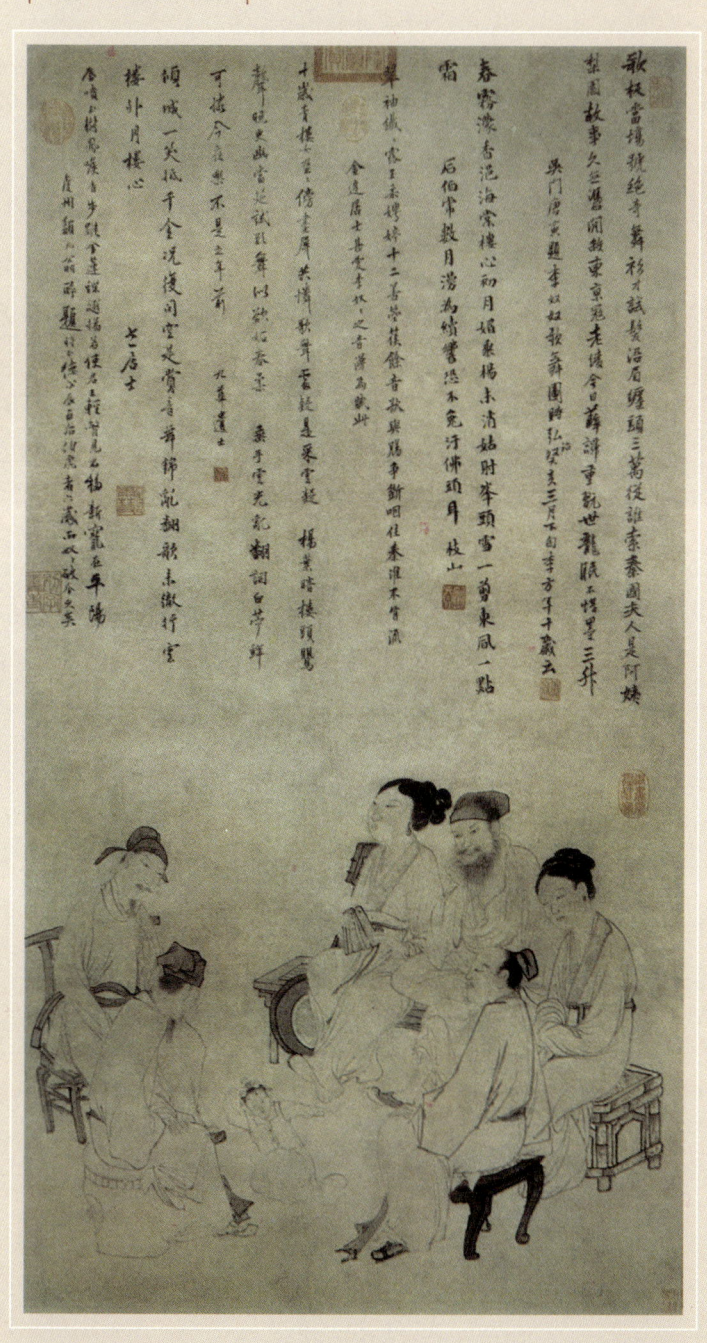

〔明〕 吴伟 《歌舞图》

春游述怀·叨叨令

沈　璟

且寻一个顽的耍的会知音风风流流的队，拉了他们俊的俏的做一清雅雅的会，拣一片平的软的衬花茵香香馥馥的地，摆列着奇的美的趁新新鲜鲜的味，兀的便醉杀了人也么哥，兀的便醉杀了人也么哥，任地的湿的浑帐啊便昏昏沉沉的睡。

【品读】

队，一群人之谓；馥馥（fù），香气浓郁；浑帐，此指乱糟糟。《中国诗史》称："这首曲亦爽利，亦秀逸，既'有大江东去之雄风，复饶晓风残月之佳致。'"

> 卖鱼人带雨提鱼到

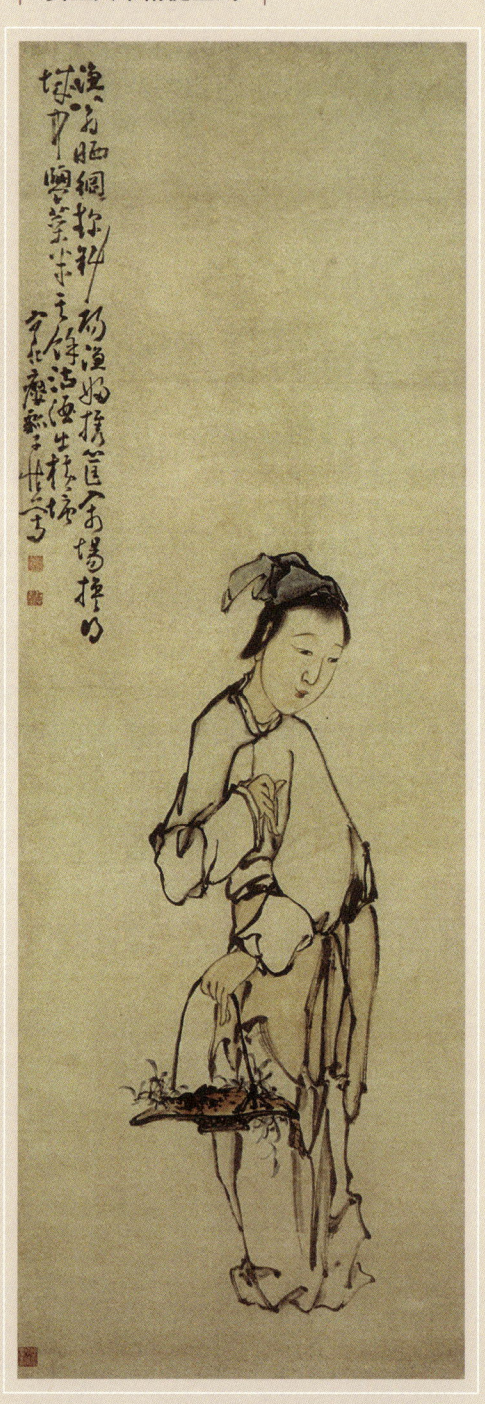

〔清〕 黄慎 《渔妇携筐图》

泖上新居·步步娇

施绍莘

水际幽居疑浮岛,结构多精巧。垂杨隐画桥,转过湾儿,竹屋风花扫。门僻是谁敲?卖鱼人带雨提鱼到。

【品读】

水乡隐居,写出了江南水韵,较之以往的山野隐居之作,更多了几分淡泊,可与陶渊明之采菊东篱下对读。

| 木桥边敲门声里 |

〔明〕 周臣 《山斋客至图》

南商调·黄莺儿

施绍莘

雨 景

嫩雨湿肥田,暗云堆欲暮天。平迷四野无人唤,西村斾悬,东天鲎悬,渔歌晾网垂杨岸。木桥边,敲门声里,蓑笠远归路。

【品读】

斾(pèi),旗帜,此指酒旗;鲎(hòu),虹。
雨中渔村,远景近画,动静相宜。

| 怎车干恩爱河 |

〔明〕 仇英 《人物故事图》

金镜词·金索挂梧桐

施绍莘

怎车干恩爱河,推不动相思磨。祆庙烧完,渐近蓝桥路。今朝出网罗,到凤凰窠。争气潘郎成就奴,羞惭了搬唆诽谤销金口,涂抹了长短方圆画饼图。从今呵,刀山变做软衾窝。真个是悲处欢多,况更是欢处欢多,把欢字浑身裹。

【品读】

车干恩爱河,用水车把恩爱河水汲干;祆(xiān)庙,祆为拜火教,西方传入;蓝桥路,唐代秀才裴航路经蓝桥驿时,遇佳人娶之而归,后夫妻双双成仙;窠(kē),巢穴;潘郎,即西晋潘岳,后代指美男子、意中郎君;销金口,众口铄金;画饼图,画饼充饥。

| 子规啼一声 |

〔清〕 蓝涛 《寒香幽鸟图》

惜花·滴溜子

施绍莘

一片片一片片芳菲哄人;一点点一点点东君负心,作践韶华直恁!子规啼一声,撩乱古坟荒径,几回风雨,知多少藁葬芳魂!

【品读】

东君,太阳,此谓时光;韶华,青春年华;直恁,太过份;子规,杜鹃鸟;藁葬,枯葬。

笔触轻点,散散淡淡,却写出人生几何的大文章。

| 大半逍遥因懒惰 |

〔明〕 徐渭 《驴背寻诗图》

对玉环带清江引

刘熙载

对酒当歌,光阴休放过。睡魅愁魔,工夫剩几多?任你说蹉跎,胜他聋与跛。官似甘罗,那宜衰朽做,封似萧何,怕来宾客贺。有人问我何功课,我也浑忘我。樵凭烂斧柯,钓岂须船舵,大半逍遥因懒惰。

【品读】

刘熙载(1813~1881),字伯简,曾任清朝左中允,博学多识,散曲有《昨非集》。

甘罗,战国人,十二岁为秦相吕不韦家臣,十三岁为上卿;衰朽,老朽之人;萧何,西汉开国丞相;斧柯,本指斧柄,代指权位,樵,采樵、打柴,此指为官;钓,指隐逸不仕;船舵,亦代指权位;此句意为,若为官要操纵权柄,费尽心机,若隐居不仕,则无须任何条件,尽情逍遥便可。

| 卷湘帘怀抱着青山坐 |

〔明〕 仇英 《人物故事图》

寄生草

徐石麒

饶一寸眉间皱,近春来好事多:拂藤床头枕着莺声卧,卷湘帘怀抱着青山坐,靸芒鞋手曳着东风过。任天公颠倒是非多,眼惺惺一抹都瞧破。

【品读】

徐石麒,字又陵,号坦庵,明末清初人,一生不肯应试,以诗酒自娱,著有《黍香集》。

饶一寸眉间皱,眉间皱纹少了一寸;靸(sǎ),趿着鞋;芒鞋,草鞋。

瞧破是非,不必看破红尘;人间真味,还需到红尘中寻觅。

| 柳色才眠杏花初嫁 |

〔清〕 任熊 《十万图》

冶游曲·夜行船

徐石麒

帘外晴丝萦落霞,莺声里九十韶华。柳色才眠,杏花初嫁,听不得玉鞭嘶马。

【品读】

萦,缠绕;晴丝,谓柳丝;韶华,青春年华。《中国诗史》谓此曲"清新秀美。"尤其是后一句,柳色可以眠的描述,杏花可以嫁的勾画,颇见清新之色,"听不得,"将闺中少女之心志刻画入里,娇美尽现。

| 白头的我和你 |

〔清〕 金农 《山水人物图》

江夏君五十·新水令

吴 绮

半生踪迹不堪题,感知音吾家乡里。牛衣题夜雪,象服舞仙霓,历遍泥,白头的我和你。

【品读】

吴绮(1619~1694),字园次,曾为清朝湖州知府。

牛衣,牛背所披,此句谓贫贱夫妻;象服,贵夫人所服,此句谓荣华夫妻;《诗经·鄘风·君子偕老》云:"如山如河,象服是宜。"历遍泥,即来世再做人,仍是我和你。

这扯淡的芭蕉惹是非

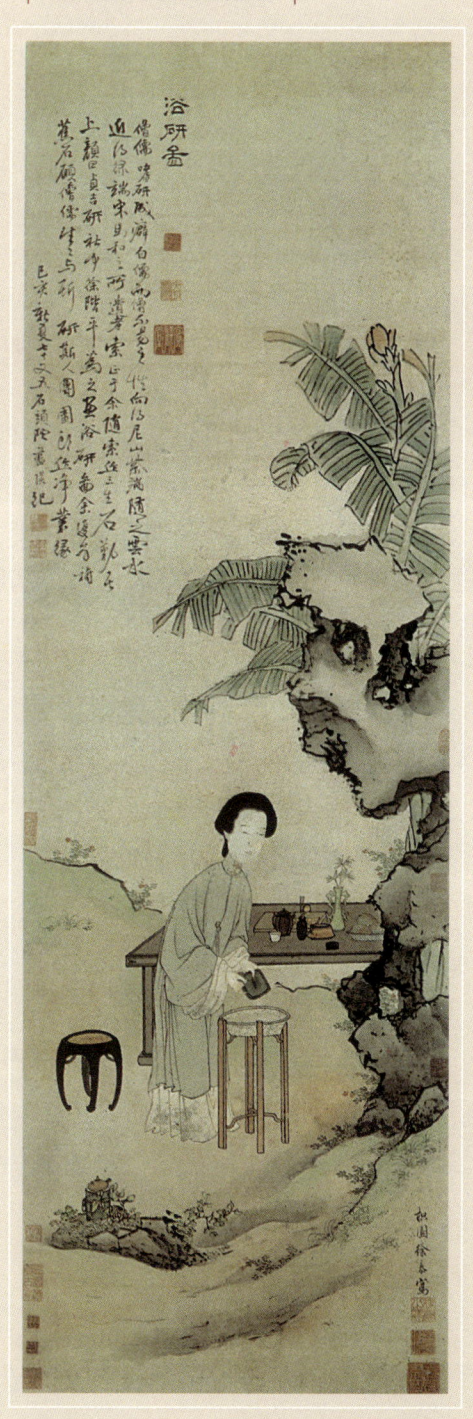

〔清〕 徐泰 《浩丽图》

雨窗排闷·二郎神

赵庆熺

西风里,这扯淡的芭蕉惹是非,作弄人儿浑当戏。接连几阵,却刚刚隔着窗儿,那一个听他能快意?生拉到恨愁田地!黄昏矣,猛可里身子寒多,添上些衣。

【品读】

赵庆熺(1790~1847),字秋舲,道光进士,但一直未有官职,以居家教书为业,著有《香销酒醒曲》。

《中国诗史》评此曲"爽辣而激楚",甚是。

| 马嘶金络裹 |

〔元〕 赵雍 《长松系马图》

春游·春从天上来

杨恩寿

空斋寂寥,喜露啼春晓,节近花朝。步香尘古道,转过红板长桥。马嘶金络裹,照春波人影飘摇。闲凭眺,听声声啼鸟,处处饧箫。

【品读】

杨恩寿(1835~1891),字蓬海,号蓬道人,常年在幕府为幕僚,著有《坦园词余》。

金络裹(niǎo),金笼头;饧(xíng)箫,断续之箫声。

一个古板书生在踏春,堆辞弄藻,并不知,春从何处来。

| 送行人南浦依依 |

〔清〕 王原祁 《山水图》

送别·黑麻令

杨恩寿

猛吹起胡笳塞笳,恰正好风斜雨斜,最凄清霜葭露葭。送行人南浦依依,莽前程烟遮雾遮。望不见人家酒家,尽相对长嗟短嗟。只彀着半日勾留,才悟透尘海团沙!

【品读】

笳(jiā),类似于笛的一种乐器,流行于西北游牧民族中;葭(jiā),初生芦苇;彀(gòu)着,够着。《中国诗史》言此曲"秾丽而苍凉"。读过之后,苍凉之意,浸满全曲,秾丽则难以寻觅,倒是长亭短亭送别之凄凄,堪比阳关三叠。

瀟之圖畫自天開下有蛟龍二
壯哉雲氣四時多似雨濤聲
月方如雷直看槎泝天潢
去莫遣母乘槎夜四撼侍
年月闌檣中流小試濟
川才　壬戌月懶瓚題

后 记

  散曲兴盛于元明两朝，至清代仍有续作者，本书所选散曲以元明为主，兼及清朝，所以，配图也是自元明清三朝的名画中择取，或全画，或取局部，尽量选取与曲境相通者，希望读者在欣赏散曲的同时，能够将曲境画境相融通，在彼时之化境中吟读彼时之散曲。

  蒙张志民先生应允，书中配画均选自其主编的《中国绘画史图鉴》（山东美术出版社，2014年版），铭谢于此。

若荻

2016年初夏

山水未深魚鳥少，此生
猶擬寄菟裘。祇疑三公
溪流上，獨木為橋小結
廬。寫和靖詩意 玄宰
甲寅三月廿二兩窗後

倪雲林玉潤明甚
詩亦推黃子久
凡余以黃法為此
玄宰重秋
辛酉三月

图书在版编目（CIP）数据

散曲百品 / 苏若荻编著. —北京：经济科学出版社，2016.5
（品读诗词中国）
ISBN 978-7-5141-6891-4

Ⅰ.①散… Ⅱ.①苏… Ⅲ.①散曲—作品集—中国 Ⅳ.①I222.9

中国版本图书馆CIP数据核字（2016）第087521号

编　　著　苏若荻
责任编辑　孙丽丽
装帧设计　鲁　筱

散曲百品

出　　版	经济科学出版社	
地　　址	北京市海淀区阜城路甲28号	
电　　话	总编部电话（010）88191217	
	发行部电话（010）88191522	
网　　址	www.esp.com.cn	
电子信箱	esp@esp.com.cn	
发　　行	新华书店经销	
印　　刷	北京市十月印刷有限公司印装	
规　　格	710 mm×1092 mm　16开	
印　　张	13.25	
字　　数	230千字	
版　　次	2016年6月第1版	
印　　次	2016年6月第1次印刷	
标准书号	ISBN 978-7-5141-6891-4	
定　　价	56.00元	

著作权所有·请勿擅自用本书制作各类出版物·违者必究
如有印装质量问题·请与经济科学出版社发行部调换